Drei Helden für Mathilda

三个小英雄

【德】奥利弗·谢尔兹 Oliver Scherz 著
【德】丹尼尔·纳普 Daniel Napp 绘
程玮 译

上海译文出版社

Oliver Scherz – Drei Helden für Mathilda

©2019 by Thienemann in Thienemann-Esslinger Verlag GmbH, Stuttgart
Illustrated by Daniel Napp
Rights have been negotiated through Chapter Three Culture.
本作品简体中文专有出版权经由 Chapter Three Culture 独家授权。

图字：09-2020-780 号

图书在版编目（CIP）数据

三个小英雄 ／（德）奥利弗·谢尔兹著；程玮译 .
—上海：上海译文出版社，2021.6
（夏洛书屋：经典版）
ISBN 978-7-5327-8764-7

Ⅰ. ①三… Ⅱ. ①奥… ②程… Ⅲ. ①儿童故事—图
画故事—德国—现代 Ⅳ. ① I516.85

中国版本图书馆 CIP 数据核字（2021）第 083648 号

三个小英雄 Drei Helden für Mathilda
［德］奥利弗·谢尔兹 著　　　程玮 译

选题策划　张顺　朱昕蔚　　　责任编辑　赵平　闫雪洁
内文插图　［德］丹尼尔·纳普　　装帧设计　上超工作室　严严

上海译文出版社有限公司出版、发行
网址：www.yiwen.com.cn
200001　上海福建中路 193 号
苏州市越洋印刷有限公司印刷

开本 890×1240　1/32　印张 3.75　字数 25,000
2021 年 6 月第 1 版　2021 年 6 月第 1 次印刷

ISBN 978-7-5327-8764-7/I · 5410
定价：35.00 元

好朋友是应该一起成长的

赵小华

宋庆龄儿童发展中心

长毛绒玩具小猴子菲茨美好的一天，总是从他与他的小主人玛蒂尔达温暖的拥抱开始。可今天早上，菲茨伸出胳膊却扑了个空。没有拥抱，这个早上太不正常了，小主人到哪里去了？咬了一口的黄油面包、胡乱堆放的睡衣……种种迹象表明玛蒂尔达被绑架了！这可是十万火急的大事，和玛蒂尔达朝夕相处的三个小伙伴——小猴子菲茨、狮子维姆和棕熊波帕——冲出家门要去解救他们的小主人。瞧，他们顺着自己编制的"绳索"从窗口来到街上，浑身充满了英雄的勇气、力量和使命感，虽然不知道前路，但仍义无反顾地勇往直前……

故事很巧妙地以毛绒玩具和孩子的视角描写了一个用爱浇灌的城市探险故事。爱是主线，贯穿于整部作品。玛蒂尔达对玩具们无微不至的爱，成为玩具们拼命想要守护的最珍贵的东西，也成为他们勇气、智慧与希望的源泉——爱让玩具们有勇气走出家门，在陌生的城市闯荡；爱让他们遇到问题主动出击，动脑筋想办法、想计划；爱让他们身处压抑的逆境（失物招领处）中不屈服、不认输，找寻机会逃离束缚；爱让他们即使在生与死之间（垃圾处理厂）徘徊，也能不失望、不绝望，不放弃一丝重获新生的机会；爱让他们在与新主人接触时懂得分辨什么是适合自己的舒适关系，而不是委曲求全；爱让他们拥有同样的目标，紧紧团结在一起，互相帮助，相互奉献……

而成长作为儿童文学的永恒主题在这本书中依然鲜明凸显。当我们读完整个故事，谜题解开了，原来玛蒂尔达只是去上学了，根本就没有什么强盗、绑架，三个小英雄的壮举看起来多么徒劳，甚至有些滑稽可笑。但三个小英雄在解救小主人的一路历险中，看到了外面的世界，接触了各色人等，到过了各种他们之前绝无可能去的地方；玛蒂尔达去上学后，生活环境发生了巨大的改变，却也接触到了很多没有接触过的新鲜事物，从此对上学这件事不再恐惧和抗拒……由此可见，孩子的成长就是走出舒适圈、安全区，走到外面更广大的世界中去经历，去认识更多新鲜的事物，在这个过程中学会不断调整和应对。

成长主题在这个小故事里表现的层次极其丰富。玛蒂尔达和三个玩具小伙伴一天的分离，也在告诉小朋友们，正确对待和适应分离也是成长中的重要课题。在故事的最后，玩具们感觉有些失落，因为他们觉得玛蒂尔达会被朗格先生吸引，之后会离他们越来越远。但玛蒂尔达却郑重承诺会带他们一起上学，其实这也是要与他们共同分享自己的生活、一起成长的意思。所以，学会成长，需要的不仅仅是爱与勇气，还有好朋友间的支持和陪伴，好朋友是应该一起成长的。

作者花这么多笔墨给我们讲述"三个小英雄"的故事，不是为了嘲笑他们的幼稚，恰恰是在赞美和致敬所有孩子的梦想，也是在教我们对所有因爱而生的勇气心生敬畏。他们能成为英雄的真正原因是贯穿在全文中的玛蒂尔达给予他们的爱。爱是伟大的，它虽无形，但却充满强大的力量。这样一本读物正是孩子和父母应该共同阅读的珍贵读物。为了生存，人会学会很多技能，但唯有学会爱与被爱才是真正属于人类的智慧和永久的课题。

最后提醒大家几个在阅读时需要注意的细节、思考的问题：

为什么故事中大人们无法看见有生命的玩具，而孩子却能看见？

朗格先生的玩具不会说话，但为什么朗格先生依然带着自己的玩具？

为什么波帕咬一口玛蒂尔达咬过的黄油面包，就能感受到她今天早上出发时的坏心情？

故事很精彩，内涵很丰富，在阅读它时除了享受愉悦，也请带上对爱、对友谊、对成长的深思。

目 录

CONTENTS

01

玛蒂尔达被绑架了

每天早晨，菲茨都会伸出长长的猴子胳膊，拥抱一下身边的玛蒂尔达。新的一天就应该从拥抱开始，菲茨太喜欢这样了——啊啊啊，真是太美好了！

可今天早上，菲茨伸出胳膊却扑了个空。玛蒂尔达没有像平时那样躺在他身边。

没有拥抱，这个早上太不正常了！菲茨摇摇晃晃地从儿童房走到卫生间。

玛蒂尔达不在。镜子里只有菲茨：一只黄色的猴子，脑袋上有彩色的绒毛。

"玛……蒂……尔……达……？"他用刚睡醒的声音喊。

没有回答。

"你在哪……里？"

也许她躲起来了。但是菲茨现在可没兴趣跟她玩藏猫猫的游戏，他就想拥抱她一下。

　　玛蒂尔达爸爸妈妈的床上空空的，玛蒂尔达没有躲在那里。窗帘后面、沙发底下呢？只有毛茸茸的灰尘。

　　菲茨飞快地搜索了一遍：玛蒂尔达的鞋子不在过道上，她的睡衣胡乱地扔在一个角落里，她的衣服从衣橱里掉出一大截！看起来，玛蒂尔达离开的时候很慌忙。

　　太不对头了，一定出了什么事情！

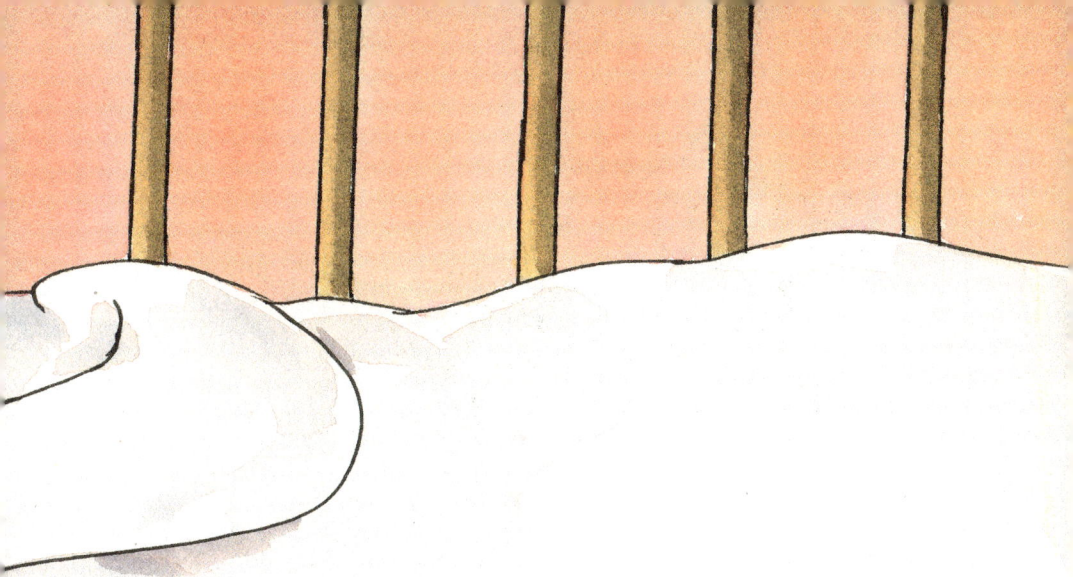

菲茨跳回床上，拼命地把维姆推醒。

"维姆，玛蒂尔达不见了，不见了！"

"不见了？"维姆睡眼惺忪地用爪子摸着被压扁的狮子鬃毛。玛蒂尔达每天晚上都把他当枕头使。起床时，她从来不会忘记把维姆压扁的鬃毛揉得蓬蓬松松。

"波帕！"菲茨把被子掀到一边，玛蒂尔达的胖棕熊露出来了，"波帕，波帕，波帕！"菲茨用力捶打着波帕的肚子，细细的绒毛从他的熊肚皮上飞起来。

"等一等！我正在果酱河里游泳呢，果酱……"

"波帕！玛蒂尔达不见了！"

"不会的，她在这儿，我们正一块儿在果酱河里游泳呢，仰泳来着……"

“快醒醒！玛蒂尔达也许有生命危险！”

波帕的眼睫毛立刻眨了一下。他慢慢从果酱河里浮出来，盯着菲茨毛茸茸的脑袋：“什……什么，到底怎么回事？”

“哪里都找不到她！卫生间没有，过道上没有，客厅里没有，沙发下没有，窗帘后面没有，衣服筐里也没有……”菲茨激动地用长胳膊指点着各个方向，把大家全搞晕了。

“也许……也许她出去旅行了？”维姆想了想说。他觉得，这比玛蒂尔达有危险要好一些。可也许更糟，因为她竟然忘记带上他、波帕和菲茨。

“旅行？不带上我们？不可能！”菲茨恼火地在房间里

跳来跳去，最后跳到衣橱上。

衣橱顶上是玛蒂尔达的秘密角落。她经常坐在糖果饼干中间，就像一只小鸟坐在鸟窝里一样。五天前含的棒棒糖、吃剩下的饼干屑、人形巧克力的头部……都还在。

如果玛蒂尔达去旅行的话，她一定会把这些甜食全带上的。菲茨可以肯定，一定是发生了什么不平常的事情！

"她肯定在厨房里。"波帕想让大家都冷静下来，他说，"当一个人醒过来，感到饿了，就想吃一个果酱面包，我就是这样。"

波帕知道，吃饱了早餐，世界看起来就大不一样了。他爬下床，向厨房跑去。

厨房里的灯还亮着，把摆放着餐具的桌子照得亮堂堂的。菲茨跳到灯罩上，用力摇晃着灯罩，让灯光能照到昏暗

的角落里。

"我不是说过了吗，玛蒂尔达就是不见了！"

波帕爬到一张椅子上，再从椅子上爬到桌子上。香肠、黄油、牛奶，都在那里。他把鼻子伸进果酱瓶里。

"她果然不在里面！"波帕说。

他一边沉思着，一边舔着嘴角的果酱。突然，他发现玛蒂尔达的彩色盘子里放着一个黄油面包，好像只咬了一口，奇怪，波帕马上也咬了一口。

"这味道一点儿也不像平时舒舒服服的早晨。它像……像变味的奶酪和坏心情。"

波帕也慢慢觉得今天跟平时不一样。

菲茨在玛蒂尔达的盘子下面发现一张纸条。他毫不犹豫地把纸条拿出来。

纸条上画着一座房子，房子里有一只猴子、一只狗熊和一只狮子。

"这是我们！"维姆很惊奇。

"画的就是这儿！"菲茨喊。

然后，他们发现纸条上还有一座房子，里面坐着一个女孩。这个女孩有两条辫子，左边一条，右边一条，她的头发是红颜色。这是玛蒂尔达。她的嘴角往下撇着，很害怕的样子，还是用粗笔画出来的。

三个小伙伴像图画里的玛蒂尔达一样，瞪大了眼睛，也变得很害怕的样子。

"这是什么意思？"波帕问。

"不好的意思……"维姆猜测说。

"这是一个信号。"菲茨说，一个可怕的念头闪过他毛茸茸的脑袋，"它表示……它表示，玛蒂尔达哪里也没去！她很可能被抓起来了！被绑架了！"

波帕毛茸茸的屁股笨拙地坐到地上。抓起来了，绑架了！他爱玛蒂尔达超过爱世界上所有的果酱。玛蒂尔达绝不会扔下他、菲茨和维姆不管的！

"谁？！是谁把她绑架了？！"他震惊地喊。

"强盗？"维姆低声说，"就像故事里的那些强盗？"

有一些睡前故事是很恐怖的。玛蒂尔达和他们三个在听故事时，经常不得不把耳朵捂起来。

"有可能……"菲茨担心地点点头，"甚至很有可能。

我想来想去，肯定是这样！”

维姆的眼睛湿润了。强盗们一般都重手重脚的，玛蒂尔达受委屈了，被打伤、被抓伤了，怎么办？如果她永远回不来了，又怎么办？

维姆想起强盗故事里解救别人的英雄们。在这种情况下，他们会骑着马去解救玛蒂尔达，用绳索，或者别的什么东西，把她救出来。在这种关头，维姆多么希望自己能做一名像真正的狮子那样勇猛的英雄啊！

"我们必须去解救她！"维姆大叫起来，碗橱里的玻璃杯震得叮当直响。

"对！"波帕边说边用熊爪子在黄油上砸出一个深坑。

"玛蒂尔达属于我们！"菲茨跳起来大喊一声，直接冲向房门。他把纸条塞进裤袋，这裤子是玛蒂尔达用布料为他缝的。

菲茨的长胳膊可以毫不费劲地把门打开 —— 可是，门锁着。

"啊！他们不让我们去救玛蒂尔达！"

他马上和波帕、维姆一起冲到儿童房，因为那里的窗子是开着的。

"把衣服什么的递给我！"菲茨站在窗台上冲他们喊道。

波帕和维姆扑向衣橱，他们把里面的袜子、连裤袜、毛衣、衬衣、长裤、芭蕾舞裙、三条皮带、一件游泳衣、围巾……一件件扔给菲茨。菲茨把它们连接成一条五颜六色的救生绳，从四楼的窗口一截一截地放下去，再把另一头绑在窗把手上。

然后，他吃力地把胖胖的波帕拉上窗台。维姆则把衣橱下面的玩具急救箱拖了出来，玛蒂尔达一直用它来处理伤口和其他紧急情况的。

他们三个从打开的窗户小心翼翼地向外面的窗沿跨出一步。

他们脚下，一辆接一辆汽车按着喇叭，像铁皮鳄鱼一样向前游动。一辆有轨电车像蛇一样曲里拐弯地开着，一辆急救车正飞快地驶过。

维姆的爪子紧紧抓着玩具急救箱。波帕回头最后看了一眼舒适的床。

躲在温暖的被子下面，外面的一切就像探险故事一样遥远。现在，恐怖的城市丛林就在他们的鼻子底下。

就连菲茨也紧张地挠着自己的绒毛。

"不能耽误了！我先下。开始！"菲茨喊。他悬空了，脑袋朝上，双手替换着抓救生绳，摇摇晃晃地爬下去。

"我想，我最好还是在房间里守着，万一强盗再来呢？"维姆小心地往后退一步，"强盗也许会把玛蒂尔达送回来，因为他们发现抢错了，这样的情况可能会发生。总得

有人给他们开门
吧……"

"强盗从来不把抢
的东西送回来，更不会
抢错人。他们才不会这
么做呢！"波帕咆哮道。

"当然。可是……"

"维姆，菲茨说是强盗自己把门锁
起来的。你想想，钥匙在谁手里？"波
帕也想了想，然后说，"当然是强盗！"

"也许是这样。可是……"

维姆又害怕地往下面看一眼。菲茨正站在
一辆停着的彩色汽车顶上，一边跳一边张开胳
膊，像一个小小的消防队员，准备接住两个小
伙伴。

"快下来！"他朝上喊。

维姆从原地挪了一小步。

波帕着急了，他把维姆夹到自己胳膊下，

用屁股把维姆顶到窗台边。

"等一等！"维姆狂叫起来。

"为了玛蒂尔达！！"波帕大喊。

他用熊掌抓着救生绳，滑过一个个结，一层楼一层楼地滑向城市丛林。

02

新计划总比老计划好

波帕和维姆重重地落在菲茨脚边的人行道上。一辆卡车按着喇叭，闪着灯光从他们身边轰隆隆地驶过，给他们洒下一头一脸的灰尘。

波帕把屁股里的棉花挪挪正。

"我们往哪个方向走？"他问。

菲茨把维姆的尾巴举起来，从绒毛梢上判断风向。

"哦，风从前面吹来。"他辨认出来了，"如果我们顶

着风走，强盗就闻不到我们的味道。好，我们一直往前走，明白了。"

"对，明白了。"波帕点点头，"不过，顺风走其实更轻松些。"

"危急关头的解救行动，不可能轻松。"菲茨解释说。

"你又是对的。"波帕喃喃地说。

就这样，他们顶着风艰难地向前走。在街边，有只老鼠咬着披萨盒里一块剩下的披萨。波帕认为那一点儿都不好吃。

维姆绕了个弯避开肮脏的老鼠。对他来说，这个乱糟糟的城市太可怕了。他回头看一眼他们的家，他的目光顺着他们编的救生绳爬到窗口。窗玻璃上，还贴着玛蒂尔达做的纸星星。它们看起来

多遥远啊！每向前走一步，他的心就因为想家一阵阵作痛。

还没走过第一个街角，波帕就觉得他们已经走了很久很久了。"菲茨，你知道吗？"他嘀咕着，"我觉得，我们需要休息一下。我们连早饭都没吃。我的腿已经有点儿走不动了。一般来说，走远路的时候，应该带着干粮。如果没带干粮，一个人的脑子里就全是那些好吃的东西。我都忘了现在是什么时候，也忘了为什么要出发……"

波帕突然在一扇大窗前面站住了。

"等一等！"他喊，"我们来过这里！是的是的！我们和玛蒂尔达进去过！！"他扒着窗台往里看，鼻子在玻璃上压得扁扁的。

这是个儿童咖啡馆，里面有很多小孩子，有的在彩球池里跳来跳去，有的在地上爬来爬去。他们的爸爸妈妈则坐在旁边，面前还放着蛋糕和热气腾腾的饮料。

"我们和玛蒂尔达

也跳到过彩球池里的！我记得清清楚楚。"波帕喊起来，"我们是从这个小滑梯上头冲着下面滑下去的。真的！这里有玛蒂尔达最喜欢的蛋糕，也是我最喜欢的！"

波帕心里充满了对玛蒂尔达和蛋糕的想念，他兴奋地在玻璃窗前蹭来蹭去，鼻子在玻璃上留下湿湿的痕迹。

一个女孩惊奇地看着窗外。

波帕突然知道他怎么才能弄到蛋糕：他用肥肥的熊爪拍出沉重的节奏，在窗前跳起熊肚皮舞。玛蒂尔达最喜欢看他的肚皮舞。果然这女孩向窗口爬了过来。很快，一个接一个的孩子指着波帕，他们都从彩球池里爬出来，有很多彩球骨碌碌地滚到咖啡座那边。

"快，维姆，快跟我一起跳！让他们看看狮子的厉害！"波帕说。

现在，维姆也舞起爪子来了。他不再想家了。他像登台表演一样跳上窗台，在孩子们面前做出各种凶狠的狮子样。

他把嘴巴张得很大，两只爪子挠着玻璃窗，连他自己都差点儿被吓着了。小孩子们尖叫着跑到外面来。

爸爸妈妈跳起来，想让孩子们安静下来："怎么回事？你们怎么了？"

他们想找到孩子们激动的原因。可是，从大人的眼睛里，只能看见窗外有两只一动不动的毛绒动物。

"菲茨，该你了！"波帕喘着气，在窗台上劈叉给惊讶的孩子们看。

谁也没有注意到，菲茨从门缝里挤进了咖啡馆。他把自己缩成一团，灵活地穿过人群，穿过大人们的腿，避开那些彩色的小球，伸出长长的胳膊，从没有人的桌子上把一块块蛋糕捞过来。

然后，他用尾巴卷起吧台上的糖瓶，再把一块块蛋糕顶在脑袋上，从里面平稳地走了出来。

没有人注意到他。他把蛋糕放在一辆童车上。

"请吧！"

波帕飞快地从窗台上滑下来。"太好啦，太好啦！"他扑到童车上，抓起一块蛋糕塞进嘴巴里，"好吃，好吃，好吃！"他一边喘着气，一边用力把糖撒到剩下的蛋糕上。

三个小伙伴围着蛋糕，就像围着一堆温暖的篝火。

"对我的尖牙齿来说还太软了些。"维姆表示。

"胡说！"波帕心满意足地摸摸肚子，"这是最美味的覆盆子蛋糕了！完全符合我和玛蒂尔达的口味。"

波帕突然记起来，为什么他现在处在嘈杂的城市丛林，而不是舒舒服服地躺在家里的床上。

"玛蒂尔达！"波帕的嗓子被蛋糕噎住了。玛蒂尔达不在，这蛋糕的味道比以前差远了——不，可以说一点儿味道都没有了。现在，他的肚子装满了，他的头脑又清醒了。他又可以全力以赴了："我们必须找到玛蒂尔达！"

"就是啊啊啊！"维姆努力不让自己想家，大声喊着。

"我们去追强盗！"菲茨大声喊道，他把几块蛋糕塞进裤袋里当成路上的干粮。

"我们现在往哪边走呢？"波帕边问边把维姆的尾巴举起来看风向，"什么！风向变了！我们得往回走！真没劲！"

"太傻了，"菲茨说，"刚才往前走，现在又往回走！"

"就是你说的我们得顶风走！"波帕抱怨说。

　　"什么风向不风向，新计划总比老计划好！"菲茨说。
他又想出了新计划。

　　"我知道了！"菲茨大叫，"看那条狗！"他指着童车
后面，"那边！"那里有一条长耳朵的狗，正懒洋洋地坐在
咖啡馆外的地上。

　　"我们需要跟着味道找！太好了，维姆，你去狗那里，
让他闻闻你脑袋上的毛，它们一定带着玛蒂尔达头发的
味道。"

　　维姆害怕地看一眼大狗红红的眼睛："也许……也许让风把我脑袋上的玛蒂尔达味道吹过去就够了。"

　　菲茨推着他："维姆，那只是一条窝窝囊囊的长耳朵狗，而你是狮子。"

　　菲茨把维姆推到狗跟前，狗马上低头闻着维姆，他的口水一直滴到地板上。

　　维姆想：幸好我生下来就穿着胶鞋。他缩紧尾巴，闭上眼睛，鼓起勇气让狗闻着。

这时，菲茨已经把狗绳解开了。他跳到狗背上，就像一个骑手跳到马背上。

"闻够了。维姆，快来！"

维姆松了口气，让菲茨把自己提上去。波帕也紧跟着从狗的屁股爬上去，坐在第三排。

"准备，开始，追踪，追踪！"菲茨大声喊。

长耳朵狗被狗绳抽了一下，发现自己突然获得了自由。于是他驮着菲茨、波帕和维姆飞跑起来。三个小伙伴走的时候还不忘向咖啡馆里的孩子们挥手，感谢他们的帮助。

03

英雄从来不为自己着想

　　骑着大狗在城里奔跑，跑过飘着香味的肉饼铺，跑过飘着可可、土耳其蜂蜜香味的咖啡店，波帕觉得舒服极了。

　　菲茨拉着狗绳，指挥着大狗向前奔跑。大狗一开始在街上乱奔乱窜，没过一会儿，他就适应了菲茨的指挥。

　　计划进行得这么顺利，连菲茨也有点儿惊讶。大狗知道应该往哪个方向走，他把鼻子紧贴在地上，径直向前跑去。虽然他的腿很短，但他越跑越快。

　　这条懒洋洋的长耳朵狗还不错，真有用，维姆想。他时不时用爪子轻轻摸一下大狗的脑袋。

　　当他们拐过下一个拐角的时候，狗开始叫起来。

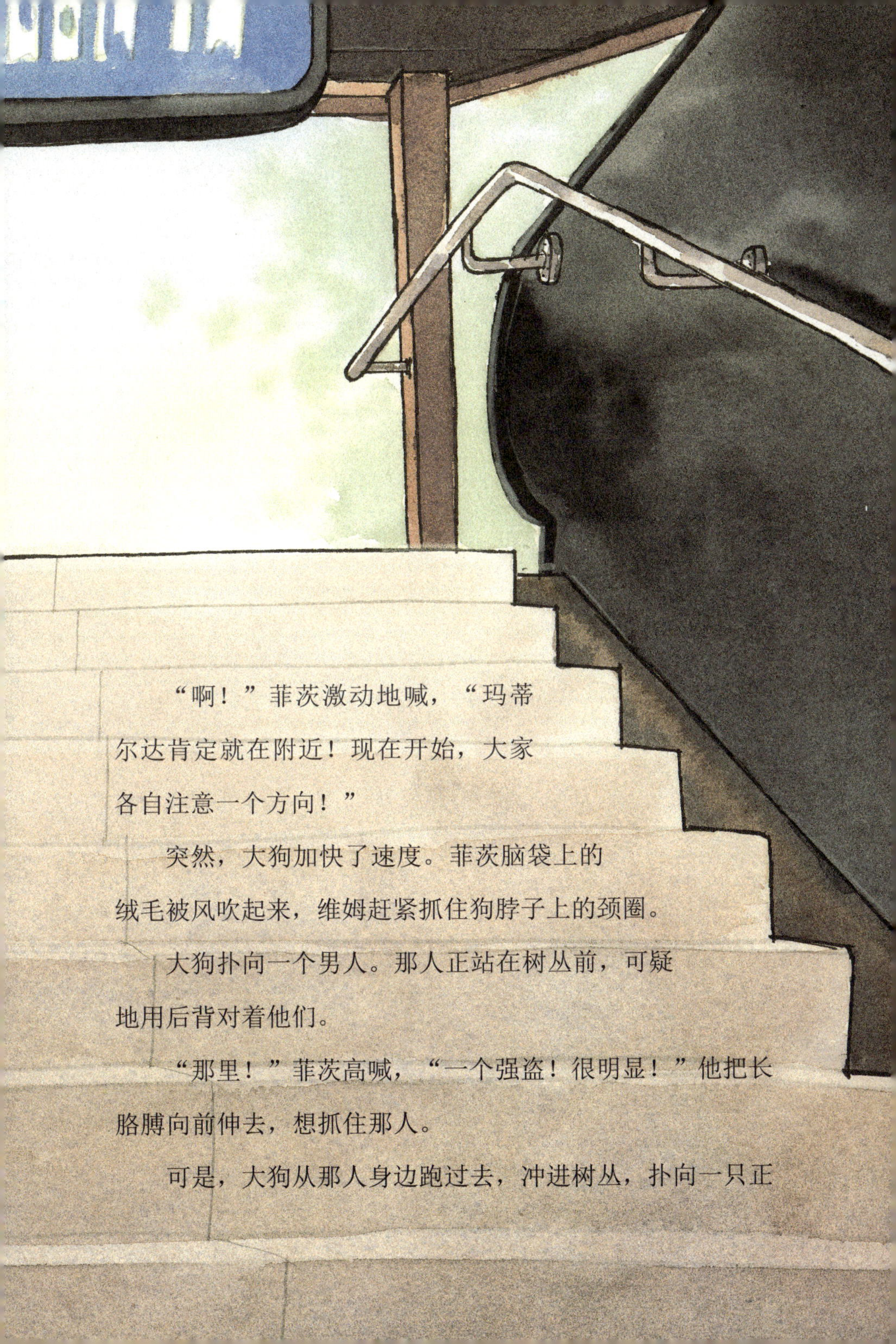

"啊！"菲茨激动地喊，"玛蒂

尔达肯定就在附近！现在开始，大家

各自注意一个方向！"

　　突然，大狗加快了速度。菲茨脑袋上的

绒毛被风吹起来，维姆赶紧抓住狗脖子上的颈圈。

　　大狗扑向一个男人。那人正站在树丛前，可疑

地用后背对着他们。

　　"那里！"菲茨高喊，"一个强盗！很明显！"他把长

胳膊向前伸去，想抓住那人。

　　可是，大狗从那人身边跑过去，冲进树丛，扑向一只正

准备在树丛里撒尿的小狗。那小狗猛地挣脱了他的主人，从长耳朵狗面前跑开了。

"停、停、停下来！"菲茨用力拉着狗绳，"马上给我站住！"

可是，长耳朵狗追着小狗跑过树木和长椅，顺着地铁的台阶跑下去。

"等、等、等一等！"波帕坐在长耳朵狗晃来晃去的屁股上结结巴巴地喊。

地铁通道里回响着狗的叫声，好像整个城市的狗都在这里叫了起来。

"停下来，你这愚蠢的狗！"维姆大喊着。长耳朵狗用耳朵抽打几下维姆的尾巴作为回答。

不——这条长耳朵狗一点儿也不可爱，也没有用处，而且他一点儿也不懒。

"我们必须急刹车！"菲茨说。

菲茨紧紧拉着狗绳，用力跳下去，想把狗绳上的钩子扎在地上。可狗没有停下来，菲茨像一个倒霉的溜冰人一样在光滑的地面上滑着。他打着滚转着圈，又顺着台阶被拖到马路上。

"坚、坚持住！"波帕喊。

就在这时，长耳朵狗突然拐了个弯，菲茨紧抓在手里的狗绳脱开了，他像一个黄色的绒球在马路上骨碌碌地打着滚，滚到马路对面的排水沟里。

"菲、菲、菲茨！"波帕狂叫着，"维姆，菲茨丢了！我、我们怎么办？我们需要一个计划！一个计、计划！"可是，菲茨带着计划掉进排水沟里了。

维姆拼命地扭来扭去，好像要在空气中抓到一个计划。这时，他想起玛蒂尔达玩具盒里的塑料牛仔，他们可以用套索轻松地套住一切，然后像英雄那样微微一笑。在这个时候，维姆多么希望自己就是那个牛仔啊！

他绝望地抓住狗绳，想用绳子做个圈套套住狗的脑袋。他正琢磨着怎么才能骑在狗背上套狗，狗绳突然勾在路边报亭的明信片架子上。明信片架子被拖起来，在拐角倒下去，挂住一把咖啡椅，紧接着又是一把，最后还挂住了一个写着冰淇淋种类的立式招牌。维姆手里突然牵了一大堆东西，长耳朵狗的脚步放慢了，越来越慢，最后气喘吁吁地停了下来。

他纳闷儿地转过来看着自己拖着的一大堆东西。波帕和维姆也惊讶地从狗身上下来了。

"你……你是一个英雄，维姆！真的！"波帕气喘吁吁地说。

突然间，维姆苍白的脸上露出一个自豪的笑容。是的，就那么一会儿，穿着胶鞋的维姆站在那里，像一个狮子王。

可是，一个真正的英雄从来不为自己着想。

"我们必须找到菲茨！马上！"他喊。

他们俩把长耳朵狗留在原地，朝刚才来的方向跑去。

他们发现了摔在路边的玩具急救箱。针头、体温表、绷带和胶带乱七八糟地撒在路面上，他们飞快地把东西捡起来，继续向前走。

"菲——茨！"他们喊，"菲——茨，你在哪里？"

终于，他们看见菲茨头顶上彩色的绒毛像急救信号一样在街边闪动，他们向菲茨跑去。

"姆姆和波波！你们在这里啊！"菲茨软绵绵地靠在人行道边沿，"多么美好的早晨啊，我们一起吃早饭吗？"

菲茨的扣子眼睛往上翻着白眼。维姆担心地从玩具急救

夏洛书屋·三个小英雄

箱里拿出绷带，包扎菲茨受伤的脑袋。

"嗯？我觉得，我漏气了……"菲茨清醒过来。他低头看着腿上的一个小洞，一个个塑料小球从里面漏出来，就像细细的沙子从一只破碎的沙漏里流出来一样。

维姆紧盯着那里，他自己也觉得头晕起来。他用颤抖的爪子捡起那些漏出来的小塑料球，想把它们重新塞进菲茨的腿。可他刚捡起一个，就有两个小球掉下来。菲茨变得越来越瘦，他缩成一团，再次晕倒在地上。

"菲茨，醒一醒！"波帕吃惊地喊，他想把菲茨摇醒，菲茨现在成了一堆软软的绒毛，波帕的心都要碎了，"怎么可以这样！"

波帕果断作出一个决定。他在自己肚子的接缝处撕开一个小口，把里面的棉花掏出一大块，把它塞进菲茨腿上的小孔里。他一次次掏出棉花，塞进菲茨的腿里，一直到塞不下去。然后，维姆用胶布把菲茨腿上的小孔贴上，一层、两层，一共贴了三层。

波帕坐下去，喘了口气。这么一来，他自己瘦了很多。而菲茨现在虽然看上去破旧了一点，但鼓鼓胀胀的，就好像他饱饱吃了一顿以后正躺着休息。可是，维姆用听筒听不到菲茨的心跳，只在菲茨毛茸茸的脑袋里听到一些乱七八糟的声音。

波帕在自己瘪下去的肚子上贴了一大块胶布。他把菲茨的脚放到自己的膝盖上，想让菲茨清醒过来。

"菲茨，你知道吗……"波帕对着菲茨的脚急切地说，"如果没有你，我们就剩下两个了。怎么说呢，两个根本不如三个，两个跟三个比就只有一半多了。没有你，我们永远没法找到玛蒂尔达！你听到了吗？没有你，玛蒂尔达就永远被关在强盗窝里了！这真的太可怕了！你好好想一想吧……"

菲茨的大脚趾开始慢慢地动弹起来。

波帕说得更加急切了："如果你不给玛蒂尔达挠痒痒，不拥抱她，不跟她开玩笑，她就会很伤心，我们也会很伤心。那我们就会永远失去快乐。你没有别的选择，你必须站起来！"

这时，菲茨的腿也开始活动了。波帕更加用力地摇晃着菲茨，菲茨黄色的肚子一起一伏。他开始喃喃低语，他的眼睛也慢慢睁开了。

"我在哪里？"他问。他看着头顶上的白云，大都市的

嘈杂声响了起来，远处有一条狗在叫着……

　　慢慢地，菲茨记起玛蒂尔达早上失踪了，记起他们在疯狂地寻找玛蒂尔达。

　　他吃力地坐起来，把自己翻上去的眼睛揉回原来的地方。这时，他看到腿上的胶布，还有维姆耳朵上的听筒。

　　菲茨感动地想：不用说，是朋友们救了我的命！

　　他伸出胳膊，搂住两个朋友。波帕和维姆这才相信，菲茨又活过来了。他们松了口气，也拥抱着菲茨。

他们三个紧紧拥抱着。他们的脑袋顶在一起，忘记了整个世界，直到一个阴影落到他们身上。

他们小心地向上看去，一个白头发的老太太正弯腰看着他们。

"哈，你们这些可爱的小动物，"她问，"怎么坐在人行道上，有人把你们弄丢了，是吗？"

她伸出细瘦的胳膊，用手指抚摸着他们的脑袋。

他们呆呆地看着她做这一切。他们还从来没有被一个陌生人抚摸过。虽然这只手很陌生，但他们觉得，它像玛蒂尔达的手一样温和柔软。

一股暖流充满了菲茨的身体。而维姆更是忍不住哽咽起来。

"是谁帮你们包扎的？"老太太问，"有人真的很爱你们，是吗？"

她把维姆耳朵上的听筒拿下来，把它放回玩具急救箱："肯定有人在想念你们……"

她沉思着，慢慢把手提包从胳膊上拿下来，放在地上。

然后，她把围巾摘下来，把它铺在手提包里。

"我觉得，我应该帮助你们，可怜的小东西们……"
她说。

他们三个点点头，他们现在确实需要帮助。

当老太太小心地把他们放进手提包里时，他们没有表示反对。然后，老太太拉上拉链，提着手提包走了……

04

受了伤的菲茨还是菲茨

　　他们躺在手提包里柔软的围巾上，晃晃悠悠地穿过大街小巷。外面的自行车铃声，轰隆隆的大卡车声，远处的喇叭声都低下去了。他们差点儿觉得自己正躺在家里。

　　"也许，她会把我们送到玛蒂尔达那里去……"黑暗中，维姆充满希望地低声说。

　　"可能……甚至很有可能。我的脑子还不太好使……"菲茨说。他摸着自己的脑袋，这脑袋就像老太太手里的手提包一样晃来晃去。他把脑袋埋进围巾里，他需要休息一下。

　　波帕仰躺着，觉得自己还有点儿虚弱。他惊喜地摸到半块巧克力，对于肚皮消瘦了很多的他，这实在太及时了。

　　波帕正吃着最后剩下的一点儿巧克力，突然听到"叮咚"的门铃声。

　　一扇门关上了，把大街上的噪音关在外面。

　　"您好！"安静中，一个男人的声音响起来。

“我把这些送过来。”老太太说着，把菲茨、波帕和维姆从手提包里拿出来，“您看，他们就这样被丢在人行道上，可怜的小东西们。”

“嗯，漂亮的小东西们。”男人说着，打量着菲茨被绷带扎着的脑袋和贴着胶布的腿。

三个小伙伴疑惑地打量着四周。这个大房间里放着很多架子，架子从上到下都塞满了东西：一边是数不清的雨伞，另一边堆着很多双肩包，还有外套、钱包、钥匙串……都整理得清清楚楚，只是，没有玛蒂尔达。

“真的不敢相信，人们怎么会丢失这么多东西。”老太太说着，又把玩具急救箱放到柜台上，“可爱的小东西们，祝你们好运。肯定会有人来认领你们的。”分手的时候，她亲切地抚摸了一下菲茨、波帕和维姆的脑袋。

然后，那男人把三个小伙伴放到架子上毛绒动物的那一格。那些毛绒动物排成长长的一排，像母鸡蹲在鸡窝架上一样。

他把他们放在最边上，就离开了。

“等一下！”波帕对着男人的背影喊，“请问把我们放

在这里干什么？"

"等待……"紧挨着他们的长颈鹿说，"等待、等待、等待……"

"等待？"菲茨喊，他活动着开始麻木的脚，"我们不

能浪费时间！"

　　"你们慢慢就习惯了……"一头犀牛嘀咕了一声。他把沉重的脑袋搁在架子边沿上，好像在等待时机往下跳。

　　"怎么可以这样！"波帕愤怒地说，"就这么坐着，等着！"他用爪子捶打着嘎吱作响的木板，"我们得去找玛蒂尔达！"

一头猪疲倦地看着他们。

"……玛蒂尔达……呵，我已经忘记我的主人是谁了……"他嘟囔着说。

维姆浑身发抖。那头猪怎么可以这么说！忘记主人是谁了！他永远不会忘记玛蒂尔达，永远不会！

"肯定有什么人在想念你们吧？"他启发说。

"没人想要我。"架子另一头的一只兔子叹口气说。

维姆吃惊地发现，这只兔子的两只耳朵已经不见了。

"如果有谁等得太久了，"一匹身上积满灰尘的马指指兔子那个方向，哼了一声，"就会被扔进垃圾袋里。"

"然后，唉，唉……"犀牛跟着哼哼几声，又往前滑了一点儿。

太恐怖了，菲茨问自己，他会不会落到兔子那一步。因为他现在又脏又破，也许玛蒂尔达根本就不要他了。

他沉思地看着自己贴着胶带的腿。然后，他摇摇头，好像要把这个可怕的念头甩掉——不，受了伤的菲茨还是菲茨！

"听着，我的朋友！"波帕对一只跟自己颜色一样的狗熊说，"我建议，你跟着我们一起走！我们有菲茨，他知道我们该往哪里去。怎么样？"

那狗熊一动不动，呆滞地看着前面，什么话也没说。

"如果有人失踪了，我们就应该去找他，直到找到为止。"波帕接着说，"大家都明白这个道理。坐在这里发呆，那什么也不会找到。"他晃晃那只狗熊的肩膀，那狗熊还是一声不响。

现在，波帕也没话说了。在这个伤感的地方，他有一种越来越绝望的感觉。他好像已经看见，自己在架子上默默地积满了灰尘！

他很同情那只狗熊，他们不能在这里待下去。

"说实在的，"波帕用爪子搂住菲茨和维姆，用沙哑的声音说，"我们来错地方了！我们根本没有迷路。这事情搞反了，其实应该是玛蒂尔达坐在这个架子上，不是我们。菲茨，难道不是这样吗？"

"就是这样……"菲茨同意波帕的意见，"我们不属于这个架子！绝不！这很清楚！"

"绝——绝不……"维姆也叫喊。

"我们必须离开这里，去追强盗！"波帕下决心说。

"强盗……"菲茨喃喃地说，好像他刚刚记起强盗的事情，"强盗！对了！我们追上去，立刻追上去！"

夏洛书屋·三个小英雄

"可是，他们现在已经走得很远了。"维姆担心地说。

　　"我们不怕！"菲茨喊，他伸出长手臂够到对面的架子上，抓过一个望远镜，"没有人可以逃脱我们锐利的目光！"

　　"对对！"波帕也在一个堆满失物的箱子里翻着，他翻出一双守门员的手套，把一只哨子扔给维姆。

"维姆，你吹哨子把强盗吓跑，我把玛蒂尔达带走！"他一边说，一边把手套戴到爪子上。

　　这时，门铃响了。长颈鹿把脖子伸长，看着门口，也许真的有人来接他了。可是，进来的不是孩子，是一位提着包的女士。

　　"我捡到东西了……"听女士这么一说，长颈鹿的头垂下去了。

三个小伙伴知道时机已到。波帕和维姆顺着菲茨的长胳膊爬下架子，菲茨紧跟着跳下去。在去门口的路上，菲茨顺手从一堆地图里捞出一张城市地图。然后，他们飞快地从女士身边绕过去，在门关上以前跑了出去。

　　他们怕有人追来，拼命地跑着，直到波帕发现了一个藏身的地方：街边的几个大垃圾桶。他们躲到其中一个垃圾桶后面。

"没有人追我们。"波帕松了口气，"现在我们需要辨别方向。我们只有登上高处，才看得清楚。"

他们吃力地爬上一个巨大的垃圾桶。

在前面的路口，一把气钻突突作响，一架直升飞机在头顶上盘旋，一辆摩托车从人行道上骑过去……他们眼前发生的一切比玛蒂尔达的画册还丰富。

菲茨把藏在裤袋里的蛋糕分给大家，让大家增强体力。他们坐在乱糟糟的环境里津津有味地吃着抢来的蛋糕，每一粒蛋糕屑都带着神奇的探险味道。

"当我们需要计划的时候，我们就有

一个计划，真好！"菲茨说。他把折叠的地图一点点打开来，垃圾箱盖上快放不下了。

维姆差点儿仰脸摔下去。这地图大得让他头晕。

"嗯……"菲茨清清嗓子，一只手指从地图的上面滑到下面，"从太阳的方位看，我们已经跑出很远了，差不多到达目的地了。"

"现在强盗在哪里呢？"波帕问。

"大家都知道，强盗特别喜欢躲在森林里。"菲茨清楚地知道这一点，他指着地图上一块深绿色，"肯定在这里！"

然后，他把望远镜举到扣子眼睛前面，寻找那块绿色。

望远镜里看不见森林。

"你看见什么了？"波帕问，他不耐烦地拍着自己戴着守门员手套的手。

"出色的香肠和巧克力冰淇淋。"菲茨低声说。

不用望远镜，波帕也已经看见了那个画着香肠和看着就想咬一口的冰淇淋的大广告牌。不过，现在美食不能阻挡他去追捕强盗。

"快！告诉我强盗窝在哪里！我把他们都收拾了！"波

DREI HELDEN FÜR MATHILDA

帕喊。

突然，他们身后传来恐怖的轰隆隆的响声，就像打雷一样。维姆奇怪地回头看去，他差点儿以为是一群黑狗向他们扑来：十二辆摩托车轰响着从他们身边驶过，排气管响得像机枪射击一样。

菲茨放下望远镜。

"就是他们！"菲茨大喊着，他指着一辆摩托车，又指指另一辆。强盗们穿着黑色的皮夹克，戴着反光的太阳镜。他好像看见，玛蒂尔达就在其中的一辆摩托车上！

"是玛蒂尔达！肯定是！他们给她穿了一件黑夹克，还给她戴了头盔！"

维姆用力吹哨子，波帕吓得头发都竖起来了。可强盗们根本没有停下来。

"他们应该停下来的！"波帕大声说，愤愤地把手套扔到地上。

"别担心，我们能抓到他们！"菲茨高喊，"我们紧跟着他们！我们用塑料袋做翅膀，爬到屋顶上。从那里跳下去，就像喷气式战斗机一样跟着他们！哈，玛蒂尔达！我们来了！"他张开两只胳膊，准备飞起来。

突然，一只手伸过来抓住他，还有一只手抓住了波帕和维姆。他们三个被高高地举起来，扔进一个垃圾桶里。盖子打开，又关上了。一切发生得那么迅速！

"救命！"维姆惊恐地大叫起来。他发现自己夹在几只酸奶杯中间，周围散发着一股酸牛奶和塑料的味道。

　　维姆想象不出还有比这更恶心的地方了。

　　"我们刚才还在上面……"菲茨用力推着盖子。没用，盖子太重了。

　　菲茨的绒毛脑袋还没想出新计划，沉重的垃圾桶已经在人行道上滚动起来，他们被上下颠簸着……

05

漏斗下面很恐怖

不一会儿，菲茨、波帕和维姆跟周围的垃圾一起，被倒进一辆垃圾车敞开的翻斗里。

"停下来！搞错了！！我们不是垃圾！！！"菲茨愤怒地喊。

可是，一块巨大的铁板毫不留情地把他们推进黑洞洞的垃圾车里，紧接着又是一大堆垃圾倒下来，他们被挤在垃圾中间，一动都不能动。

维姆被空罐头和牛奶盒挤得眼睛都睁不开了。波帕庆幸自己在抢救菲茨时消瘦了很多，所以肚子那里还有一点儿空间可以呼吸。

"菲茨，我们……现在……怎么办？"波帕困难地挪动着被挤压的嘴巴。

"保持……冷静。"菲茨喘着气说。他现在被挤得扁扁的，变得很小，像一条柠檬鱼。

经过一段漫长可怕的路途以后，垃圾车突然停下来，翻斗打开了。车厢的后半部高高抬起来，轰隆一声，一车的垃圾全倒出去了。菲茨、波帕和维姆挥舞着胳膊从车肚子里掉下来，重重地落到一座巨大的垃圾山上。

波帕挣扎着站稳，把脸扶正，把鼻子拉直。

"这里的空气太糟糕了！"波帕嘀咕说，"我们这是在哪里？"

菲茨挠着自己扎着绷带的脑袋，维姆赶紧把一只塑料袋当帽子套在头上，这样可以护住玛蒂尔达的味道，不被垃圾熏臭。

他们站在一片垃圾中间，垃圾四周是高高的围墙。一台挖掘机正在把垃圾推到一起。

事情很清楚：他们真的被扔掉了！就好像他们是没有用的废物！

"谁敢把我们扔掉！"菲茨咒骂着，他扯下脑袋上的绷带，想证明自己头脑还是正常的，"我们还有很大的用处呢！"

这时，一辆垃圾车穿过敞开的大门向外面开去。

"我建议，我们从门口跑出去！"菲茨生气地说。

谁也没有发现，在他们头顶上，一只巨大的铁爪正无声地向他们逼近，把他们三个和别的垃圾一起，高高抓起来，扔进一个宽大的铁漏斗里。他们顺着漏斗笔直地滑下去。

菲茨、波帕和维姆从半空中落到一个吱嘎作响的垃圾旋涡里，很快被淹没。

接着，他们落到一条传送带上。传送带把他们飞快地运过黑黑的隧道和机器，一会儿上升，一会儿下降。他们身边的罐头和瓶盖突然飞出去，被磁铁紧紧吸住。强烈的风把塑料袋和塑料纸，还有维姆用来当帽子的袋子全吹走了。

他们跳过一根根活动的铁杆，维姆回头看一眼当帽子的塑料袋，它已经穿过铁栏杆，掉到下面去了。

"我们的地图呢？"波帕喊，他用爪子捂住震得疼痛的屁股说，"我们不能在这里待下去！"

"地图？"菲茨刚看一眼空空的双手，他们就掉到另一条传送带上。这条传送带把他们送得很远。在传送带终点，有几个人戴着手套在挑拣剩下的垃圾。

一只戴手套的手把一个只剩一条胳膊的塑料娃娃从传送带上抓起来。他把娃娃的裙子从脑袋上拉下来，嘶啦一声，她的裙子被扔进一个桶里，她的项链被扔进另一个桶里，然后她背上的电池被抠出来了！

菲茨、波帕和维姆的心跳停止了。他们知道，如果把玛蒂尔达玩具盒里的牛仔娃娃的电池抠下来，那他就等于死了！他只能沉默着张大嘴巴，没法儿再说："没有问题。"

"我们得逃走！马上逃走！"当那个一只胳膊的娃娃被扔进另外一个桶里的时候，菲茨作出了决定。

菲茨和维姆同时倒退一步。他们使劲跳着，跳过源源不断传送过来的垃圾。可波帕没有跟上。

"别碰我！别碰我！"波帕喊着，他好像已经看见戴手套的手把他扯开来，扔到不同的桶里，"不许拿我肚子里的棉花！我不能再瘦下去了！没有肚子，我就不是我了！我还需要肚子！！玛蒂尔达不开心的时候，我还要用它跳肚皮舞！！！"

　　如果他的肚子没有了，玛蒂尔达晚上还怎么对着他的肚子说自己的烦恼呢？

波帕被一个破塑料壶绊了一跤，他努力从破散的雨伞架里走出去。这是一条充满障碍的路！即使波帕做出了最大努力，可他还是越走越慢。传送带不可阻挡地把他渐渐运到那些戴手套的手那里。

"救命！救命！！"

当菲茨和维姆扭头看去时，波帕已经被高高地甩向一个桶里。

这两个小伙伴马上掉头跑回去，就在戴手套的手抓住波帕以前，他们跟着波帕一起跳了下去。

可是，这个桶没有底！他们不停地往下掉，穿过一个盒子，落到一个深深的漏斗里。这里面都是毛绒动物。

波帕的肚子已经陷进去了。菲茨和维姆也在往下沉。

菲茨的长胳膊像救生索一样勉强抓住漏斗边，波帕和维姆死死抓着菲茨的尾巴。

菲茨带着小伙伴用力爬了上去。

"我……我没缺什么吧？"波帕喘着气说，他的肚皮还搁在漏斗边上。

菲茨把波帕从头到脚摸了一遍。

"耳朵，脚指头，尾巴，都在！"菲茨喘着气说，"我们什么都不缺，我们还在一起，太幸运了！从现在开始，我们要互相注意。"

他把波帕扶起来，他们一起从漏斗边跳到了地上。

他们两腿发颤地从漏斗下面的机器旁边走过。他们鼓起勇气看了一眼：机器后面伸出一根管子，那管子正把搅碎的绒毛布料喷到一辆大卡车上。那些布料被搅得像菲茨脑袋上的绒毛那么细小。有些是绿颜色，就像刚才传送带上塑料娃娃裙子的颜色。

"这机器对我们可不会客气。"波帕喃喃地说。

他们三个想，这样的结局太恐怖了。

在大卡车装满后往外开的时候，他们三个飞快地跟着跑出去。

铲运车和挖土机从他们身边开过，他们不敢停下来。他

们飞快地跑过垃圾山，哪里都不看，直接扑向大门口。赶紧
离开这些机器，离开那些戴着手套的手。他们跌跌撞撞地跑
出去，一直跑到人行道上。

在拐角的地方，他们停下来喘了一口气。

"现在去哪里？"波帕大口呼吸着。

"我跑不动了……"维姆诉苦说,"我追不动强盗了……我要回家,回家躺在玛蒂尔达的被子底下。"

菲茨垂着长胳膊,手足无措地看着周围。

这时,菲茨看到不远的地方,一辆有轨电车正在打开车门。有轨电车,他们见过。他们有一次躲在玛蒂尔达的双肩包里，跟着玛蒂尔达坐有轨电车回家。

　　他们一句话也顾不上说，拼命向有轨电车跑去，一直跑进有轨电车里。

06

寻找新主人

有轨电车弯弯曲曲地穿过迷魂阵一样的屋子和街道，通过十字路口、开过桥梁、穿过隧道，从一个街区到另一个街区。

菲茨、波帕和维姆蹲在座位上，把脸紧紧贴在车窗上。他们睁大眼睛，盯着路边的每一座房子，寻找着自己的家。这些房子有高高的、有宽宽的、有灰色的、有彩色的，还有被脚手架和帆布遮挡着的。

有两次，他们看到四楼的玻璃窗上贴着纸星星，他们瞪大了眼睛。可是，没有一个窗子上有一根衣服和配饰做成的彩色救生绳垂下来——没有！哪里也没有！

他们不知道坐在有轨电车上穿过多少路口，经过多少街区。他们最后决定放弃寻找。他们离开座位，在一个车站下车了。

他们垂头丧气地坐在一栋大楼前面。

"我根本不认识这里。"波帕终于打破了沉默，"这个城市故意把我们搞糊涂，让我们找不到玛蒂尔达，也找不到家。要我说，这个城市跟强盗是一伙的。我们彻底迷路了。不是吗？你们说呢？"

菲茨这次没有反驳波帕。他的脑袋里空空荡荡的，里面一个计划都没有了。

"不管怎么说，我们现在需要玛蒂尔达来救我们，而不是我们去救她。不是吗？"波帕抱着胳膊说。

"说得有道理……"菲茨嘀咕一声。他摸着自己头顶上的绒毛，那是玛蒂尔达给他缝的，她喜欢抚摸那里。菲茨现在多么渴望玛蒂尔达能抚摸他，安慰他。玛蒂尔达一定知道该怎么做，她比猴子聪明多了，她总是有好主意。

维姆无力地倒在地上，四肢叉开。

"如果我们找不到玛蒂尔达，找不到家的话，"维姆喃喃地自言自语着，"我就坐在这里不走了。我不需要再站起来了。我还能帮谁守护着床，让谁刷我的牙齿呢？如果玛蒂尔达的头不枕在我身上，我不能在晚上跟她说悄悄话，不能告诉她我们早晨做的好玩儿的事情，我就也不再去想那些好玩儿的事情了，我也不需要再醒过来了……"

一辆辆汽车从他们身边驶过。下一辆有轨电车来了，停下来，然后又开动了……

维姆闭上眼睛，把自己的鬃毛拉过来遮在鼻子上。他还能闻到一点儿玛蒂尔达的味道。不过，这味道差不多已经消失了，就像强盗一样。

又一辆有轨电车来了，停下来，然后又开动了。菲茨看着那些人下车，走远了。

"也许……"下一辆有轨电车过来的时候，他停了一下，然后，鼓起勇气说出来，"也许……也许我们得找一个新主人。"

波帕的嘴合不

上了。"什么……什么……什么……你说得明白些……"他结巴地说。

"如果我们没有主人的话，我们的存在就没有意义了。"菲茨继续说，"我们也不知道，该到哪张床上去睡觉，跟谁一起玩儿。这样下去，就变成一个什么也不会的哑巴了。"

波帕想起刚才架子上的那只狗熊，肚子里一阵发凉。

"到哪里去找另一个玛蒂尔达呢？"波帕看着面前来来往往的人群说。那些人走得匆匆忙忙，好像他们一点儿时间也没有。

维姆根本不打算睁开眼睛。怎么可能还有另一个玛蒂尔达呢？

菲茨记起拎着手提袋的老太太。不知道他们能不能找到一个老太太，会整天温柔地抚摸他们。

有一个女孩好奇地看了他们一眼。菲茨胆怯地向她挥挥手。

"等一等！"波帕一把拉住菲茨的手，低声说，"这女孩比玛蒂尔达大，她也没有辫子。另一个玛蒂尔达应该也有红色的头发，就像真的玛蒂尔达一样。也像我一样，喜欢覆盆子！她也得把自己的担忧说给我听——不，说给我们大家听。她笑的时候也应该像玛蒂尔达一样，她也得像玛蒂尔达一样照顾我们，给我们洗澡，帮我们剪指甲。”

这时，那个女孩已经走过去，消失在人群里。

“我觉得再找一个玛蒂尔达，比我们找到真正的玛蒂尔达还要难。”菲茨嘀咕说。

这时候，一个男孩和妈妈一起站在菲茨、波帕和维姆身边的大楼前。妈妈正在开门。

“看！”波帕惊喜地喊，“这男孩穿着跟玛蒂尔达一样的月亮 T 恤！有意思……也许是玛蒂尔达把 T 恤送给他了！这很可能。他肯定认识玛蒂尔达，他可以帮助我们！”

“喂！你！”波帕跳过去，拉扯着男孩的裤腿，“我们是菲茨、波帕和维姆。我们需要你的帮助！”

男孩低头看着他们。

“彼约，你在哪里？”妈妈从楼梯那里喊。

男孩想了想，把三个小伙伴夹在胳膊底下，跟着妈妈上楼了。

07

世界上没有第二个玛蒂尔达

到家后，妈妈提着购物袋走进厨房。菲茨、波帕和维姆被男孩夹在胳膊下带进儿童房，放到了床上。

"是这样的，既然你认识玛蒂尔达，"维姆对男孩说，"请你马上告诉我们，你今天早上看见玛蒂尔达没有？我们必须找到她！"

"哪个玛蒂尔达？"男孩问。

"哎，就是我们的玛蒂尔达！"波帕激动地喊起来，"那个有红辫子的，送给你月亮 T 恤的人！"

那男孩奇怪地看看自己的 T 恤，说："我不认识什么玛蒂尔达。"

"可是，如果我们找不到她，我们就彻底完了！"维姆把经过说了一遍。

"你们可以留在这里啊……"男孩耸耸肩膀，提了个建议。

"留在这里……"菲茨重复一遍。波帕和维姆在犹豫。

这房间跟玛蒂尔达的房间完全不一样。墙上虽然也挂着男孩自己的画，但一只毛绒动物都没有。唯一的动物是角落里一只巨大的塑料恐龙。不过，这里有铁轨，弯弯曲曲地铺在地板上。还有一台吊车，跟男孩一样高，和城市里的那些吊车一模一样。

他们可不喜欢一个像城市那样的房间。

在书架上，波帕还发现一辆黄色的垃圾车，让他记起在垃圾堆里的恐怖经历。

"难道这就是我们的新家吗？"波帕生硬地对菲茨说。

"如果一个人一无所有，就没什么可以挑挑拣拣的了。"菲茨回答说。

波帕重重地躺倒在床上，他闭上眼睛，想象自己正在玛蒂尔达的房间里。

维姆从他身边爬过去，想找一个能钻进去的地方。玛蒂尔达的床就是一个小世界，被子鼓起的地方像山峰，陷下去的地方像山洞。可这张床平平展展的，什么也没有。

在枕头上维姆找到了一点儿安慰。虽然枕头上没有蓝色的天空，但它白白软软的，像云彩一样。从洗衣剂的香味里，他闻到男孩的味道。他正温柔地想着自己有没有可能习惯这个枕头，男孩已经抓起他的腿，把他放到吊车上。

"现在，我们玩吊车司机。"男孩说着，把维姆塞进窄小的吊车司机室里，"彼约命令司机：把吊钩放下去！"

维姆把脑袋伸出吊车驾驶室的小窗口。他什么也看不见。他也不知道怎么使用身边的操作杆和按钮。

他吃力地从窗口探出身子，可是男孩把他塞了回去。

"不行，等一等。你得待在里面……就这样。彼约命令吊车司机：把钩子放下去，把吊臂转到我这边！"

维姆手足无措地按了一个按钮，可是，吊车一动不动。

"我们可以玩追捕。"菲茨插嘴说，"我们经常跟玛蒂尔达玩儿这个的。"

他从床上跳到吊灯上，抓着吊灯晃荡起来。然后，他飞到窗帘那里，飞快地躲在窗帘后面。他探头看一眼，又躲起来。他又从房间里荡过去，把大恐龙的气放掉一些，然后很机灵地从男孩的两条腿中间穿过去……可是，男孩根本不打算去追他。

最后，菲茨直接跳到他面前。

"我，呃……我还可以给你抓痒痒。"菲茨喘着气说。

"不玩。我们现在玩货运车站，你是火车司机。"

男孩让菲茨坐在火车头上，把菲茨的长胳膊在车头的烟囱上打了个结。

"全速向前！"他把一个开关转了一下，火车就在房间里开起来。开得那么快，火车头带着菲茨差点儿从轨道拐弯的地方甩出去。

然后，男孩把波帕从床上抓起来，用他脚爪上的商标把他倒挂在吊车钩上。

"怎么了……怎么了，这什么意思？！"波帕生气地说，"我正梦见玛蒂尔达呢！"

可是，男孩已经很开心地把波帕升到很高的地方。

"彼约命令吊车司机：注意了！注意了！沉重货物！准备装卸！"

"我不是沉重货物！"波帕抱怨说，"快让我下来！"

"火车司机命令彼约，"菲茨在一个弯道上说，"马上停车！"

"不行！正准备加速呢！"

突然，妈妈的脑袋伸进房间来。

"彼约，你在跟谁说话？"她问。

她吃惊地看到一只猴子在火车头上驶过各个弯道，接着又发现另外两只毛绒动物："他们从哪里来的？"

"在大门口捡的。"

妈妈把火车停下来，用尖利的指甲把菲茨打了结的胳膊解开来，把他举起来看了看。

"他已经坏了！你不能从马路上捡东西回家。你看，他多破呀，脑袋上还有奇怪的绒毛，已经褪色了。不行，彼约，我马上把他放回楼下去！那只狗熊……"她把波帕从吊钩上拿下来，"被谁贴了胶布，也不知道好好缝一下。而且，他又脏又臭！"

"不过，狮子是一个不错的吊车司机。"男孩说。

妈妈抓着维姆的尾巴，把他拽出驾驶室。

"这个看上去很可爱。"她说，"不过，他的鬃毛歪了……"

不许摸！维姆想，他瞪着那只手，那手正伸向维姆蓬乱的鬃毛，绝对不许摸！！

但他的鬃毛很快被拨弄了一遍！他那被玛蒂尔达的脑袋枕歪了的、带着玛蒂尔达味道的鬃毛就这样被一只带着护手霜味道的手弄坏了！！

维姆突然爆发了，他在玛蒂尔达房间里从来没有这么做过，菲茨和波帕还从来没有听过他这样的吼声。

"爪子放开！我的鬃毛只给玛蒂尔达摸！！爪子放开！放开、放开、放开！！！"

"他看上去病歪歪的。"妈妈说，

她一点儿也不在意维姆的吼叫，"彼约，我们还是给你买一只真正的狮子，一只和你一样高大的狮子！"

维姆疯狂地挣扎着。

"我就是真正的狮子，不是吊车司机！"

"不管怎么说，我们不买穿着胶鞋的狮子……"妈妈轻轻地摇摇头。

"给我小心点儿！"维姆吼着，"我的牙齿很尖利！玛蒂尔达专门把我的爪子磨尖了！我能把这里的东西全撕碎、全咬碎！那愚蠢的床，还有愚蠢的枕头！一切，所有的一切！！！"

"而且他跟那两只一样脏……"妈妈撇着嘴说。

维姆实在控制不住自己，他狠狠地在那只手上咬了一口。妈妈突然把他扔下，摸着自己的那只手，就好像被虱子或者什么害虫咬了一下。

"维姆，快！马上离开这里！"菲茨喊着，他和波帕一起，把吊车推到打开的天窗那里。

紧接着，他们三个一起爬到吊车上。他们在吊车臂上跑着，小心地保持着平衡，再从大恐龙的脑袋上爬到天窗外面，顺着瓦片，一直爬到屋脊上。

"我是一只真正的狮子！一只真正的、真正的狮子！！"维姆从天窗上对着下面咆哮，舞动着爪子。

然后，他又小心地用舌头和爪子把鬃毛回复成原来的样子。

"好吧……说实在的，"波帕还在喘气，"在那里，我们不能睡觉，更没法做梦。这下我彻底明白了！如果我刚才是做梦的话，那根本就是一个噩梦！谁也不能再逼我回到那里去！"

菲茨已经跳到烟囱上，从屋顶上看着周围。真是，他们怎么会想起找一个新主人呢？

"有一件事情很清楚，"菲茨现在知道，"在这么大的一个城市里，不会有第二个玛蒂尔达！所以，我们一定要找到真正的玛蒂尔达！"

他的目光突然落到一个带着钟塔的红房子上面！在钟塔上，有一口钟在阳光下闪闪发亮。

菲茨认识这钟塔！他见过！可是，在哪里呢？在什么时候呢？他的手指抓挠着自己的绒毛，好像答案就藏在里面。

这钟塔好像跟玛蒂尔达有关系……而且是很重要的关系！

　　他毛茸茸的脑袋里浮现出很多记忆：绘画本，玛蒂尔达桌子上的照片，玛蒂尔达贴在墙上的画……可是，哪里都没有这钟塔——菲茨，仔细想想，仔细想想！

　　如果他的脑袋里没有乱成一团的话，答案已经在面前了！这肯定是最近，是的，可能就是今天早上才见过的钟！在玛蒂尔达的房间里、在卫生间里、在过道、在客厅、在沙

发下面、在洗衣筐里、在厨房……

　　"喔喔！"他在屋顶上像一只报晓的公鸡那样叫起来，"我知道了！"

　　他从裤袋里抽出那张皱巴巴的纸条。玛蒂尔达放在厨房桌子上的那张纸条。在打开纸条的时候，他激动得差点儿把纸条撕碎了。果然：在画着玛蒂尔达惊恐眼睛的房子上，有一座塔，塔上有一口钟！

"那里！！"菲茨对波帕和维姆喊，他的手指激动地指指纸条，又指指带着钟塔的红屋顶，"她在里面！玛蒂尔达！肯定的！！"

　　重新燃起的希望让菲茨激动起来。他差点儿从烟囱上掉下去。也许，一切还有希望！也许，还能从那个带着钟塔的强盗窝里把玛蒂尔达救出来！

　　"跟我走！"

08

强盗窝

　　菲茨一迭声地喊："快，快，快！"

　　三个小伙伴在屋顶上向着钟塔的方向飞跑。在最后一个屋顶上，菲茨顺着屋檐边的排水管"哧溜"滑下去，就像消防员从滑杆上往下滑一样。波帕紧紧跟着他。维姆稍微犹豫了一下，玛蒂尔达离得那么近，他们马上就可以见面了！他看了一眼钟塔，跟在两个朋友后面，用爪子抓着排水管滑了下去。

　　一辆自行车拖着一个小小的拖斗从下面经过，正朝着

他们想去的

方向行驶。他们跳到拖

斗上。玛蒂尔达马上就要得救

了！一阵风迎面刮来，维姆头上的鬃毛被风吹向后面。

　　"坚持住，玛蒂尔达！坚持住！"波帕大声喊着。菲茨

像马车夫一样命令骑自行车的人向前骑。

拐弯时，他们想右拐，可自行车竟然左拐了。菲茨从拖斗里拿出一袋玩具沙，把小桶、模型和铲子也扔下去，挡住了自行车的路。

骑自行车的人一边嘀咕一边刹住车。三个小伙伴马上跳下去，飞快地向右拐。然后再拐一个弯，再拐一个弯。

终于，又拐过一个弯以后，那座带着钟塔的红屋顶房子出现在他们面前，离他们不到四根电线杆的距离。这房子真大啊，他们不得不把头仰起来才能看到钟。

不过，这可不是一个小小的强盗窝——这是一个藏在青藤后面的巨大的强盗窝！

菲茨、波帕和维姆带着畏惧轻轻向它走过去。

地下室里很暗，窗户上围着栏杆，像一个监牢。高处的那些窗户，他们只能看到里面的天花板上亮着的灯。不用说，强盗们在窝里。可他们有多少呢？

"小心！非常小心！"菲茨提醒波帕和维姆。

他们弯下腰，钻过树丛，跑过草地，躲到另一棵树后面。

菲茨
飞快扫
一眼四
周，然后
他们穿过最后
几米，到了房子
跟前。

　　"人梯！"菲茨扫了一
眼窗台，简短地说。

　　波帕爬上一块石头，菲
茨站到波帕的肩膀上，然后
让维姆站在他头上。菲茨慢
慢地站起来，让维姆能看到
窗户里面。

　　"你看见什么了？"

　　维姆激动得呼吸都急促起来，

窗玻璃上出现一片水汽。这就像故事里的英雄们一样，最后的时刻到了！

维姆小心地把窗玻璃擦干，像狮子寻找食物一样仔细地看着里面。

"全是小孩！很多小孩！"他低声地对下面说。

"他们被捆起来了吗？"菲茨迫不及待地问。

"有可能……他们全都坐在桌子前面，一动都不动。他们什么也不说，只是盯着前面……那里有一个高个子男人……"

"他像强盗吗？！"

"我……我觉得像。他有长长的头发，还有密密的胡子。"

"哈！强盗都喜欢用胡子把脸挡起来。"菲茨说，"他扎着一根皮带，上面挂着手枪或者什么黑色的东西吗？他面前堆着抢来的金银财宝吗？他的鞋子上有破洞、手指甲黑乎乎的吗？他的衣服是破破烂烂的吗？还有……"

"那里，那里！！"维姆脱口说，好像菲茨全说对了，"那里！玛蒂尔达就在那里！"

　　维姆用爪子擦擦扣子眼睛。真的！她坐在那里，穿着她最喜欢的衣服，红色的头发编成两条辫子。

　　"真的是她吗？真的吗？"波帕激动地在下面喊，"我想看她一眼！"

　　突然间，一个很响的闹钟响起来，他们三个搭起来的梯子差点儿倒下去。

　　维姆看见，玛蒂尔达往窗口看了一眼，看见他，大吃一惊。维姆的眼角也瞥见，所有的孩子像被解放了一样从椅子上跳起来，向教室门口跑去。波帕兴奋地跳起来，他拍打着肩膀上的伙伴，在草地上转起圈来。

这时，门打开了，孩子们叫喊着冲到外面。这么多孩子，比维姆在窗口看到的多多了。

玛蒂尔达从孩子群里冲出来！她张开胳膊向他们跑过来，她的辫子像翅膀一样飞起来。

然后，她把维姆、菲茨和波帕从上到下一个个提起来。

"你们来接我！真好！真好！！"

"发现了！"维姆大声喊，"他在那里！"

他们三个马上从玛蒂尔达身上跳下来，拉着她的衣服，躲进旁边的树丛里。维姆伸出胳膊，指着那个长头发大胡子的男人，他正从草坪中间走过，好像什么坏事也没干的样子。他居然还对玛蒂尔达挥挥手！然后，他跨上自行车，骑走了。

"那是朗格先生！"玛蒂尔达也向他挥挥手，"你们不用怕他。"她跪在草地上，眼睛还看着那个大胡子男人，她对菲茨、波帕和维姆说，"我刚开始也很害怕。"她压低声音，"我想，没有你们陪着，我怎么办呢？今天早晨我真

的好害怕。"

"怕强盗吗？"他们三个齐声问。

"没有被强盗绑架那么可怕！"玛蒂尔达做了个鬼脸。她跟以前一样开心，好像根本没有被绑架过。

这时候，菲茨问自己，那些骑着摩托车，穿着皮夹克的强盗都到哪里去了？怎么玛蒂尔达一下子就自由了呢，好像她从来没有被绑起来似的。

"你，你怎么就自由了呢？"维姆想不通。

玛蒂尔达耸耸肩膀："十一点半一到就自由了。"

哪有这种事情，强盗就这么把人放了？！

"他们对你们做了什么？！"波帕把爪子握成拳头，"他们只要碰坏一根你的头发，我就给他们来一拳！"

　　"别胡说，波帕。朗格先生跟我们一起唱歌，给我们读一本图画书上的故事，我们画了画，他还跟我们一起做了手工。"

唱歌、读书、画画、做手工……这是强盗的什么规矩？波帕一屁股坐到地上。

"这些你也可以在家跟我们一起做呀！"波帕说。

"那当然。可是，这是我第一天上学。从今天开始，除了周末，我每天早上都得上学。我跟你们说过的。"

菲茨、波帕和维姆一下子从强盗的世界里出来了。慢慢地，他们记起玛蒂尔达自豪地给他们看过她现在背着的书包；他们记起来，她拿出一本亮闪闪的本子，她能在上面变出字母和数字来。可是，他们以为玛蒂尔达会带他们一起去那个神秘的学校。他们根本没有料到，玛蒂尔达竟会把他们留在家里！

"我想带你们一起来的！"看到三只毛绒动物失望的脸，玛蒂尔达说，"可是，今天早上一切都那么突然，妈妈不让我带你们一起走。只带一个的话，我也不知道应该带你们中间的哪一个……"

她沮丧地看着菲茨、波帕和维姆，突然，她吃惊地用手捂住嘴巴。

"你们怎么变成了这个样子？"她惊叫起来，"菲茨！

你的腿怎么了？波帕，你的肚子怎么会这样？"她小心地把他们一个个举起来，"你们还这么脏！出什么事了吗？"

他们贴近玛蒂尔达柔软温暖的手。他们能说他们伟大的英雄行为吗？现在看起来一点儿意义都没有了。

"呃……我们绕了点儿远路，这里那里去了一下……"菲茨说，他挥挥手，"不过，为了救你——哦，不——为了接你，我们愿意克服一切困难！是的！我们愿意穿过危险的垃圾山，是的！如果强盗绑架了你，我们会来救你——马上、立刻！哈，你只管放心吧！"

"对！"波帕和维姆大声说。

"我知道！"玛蒂尔达说，她把他们紧紧抱在怀里。

他们扒在玛蒂尔达的胳膊上，紧紧地抱着她，好像他们不是一个早上没见到玛蒂尔达，而是很久很久了。

玛蒂尔达不时开心地回头看一看背上一蹦一跳的书包。当玛蒂尔达背着书包，扑向接她的妈妈时，她还回头看了一眼强盗窝，看来，那也许真的是一个学校……

09

小英雄洗了个香波澡

晚上，菲茨、波帕和维姆跟玛蒂尔达一起洗澡。菲茨很喜欢玛蒂尔达给自己腿上的伤口补的那块绿色补丁。波帕还在嚼着晚饭时吃的果酱面包。他的爪子很舒服地摸着撑得鼓鼓的肚子。玛蒂尔达给他的肚子里塞了很多棕色的线头。

玛蒂尔达给维姆清洗着爪子，他的头上顶着一堆泡沫，

看上去像个皇冠。"你知道吗……"维姆对玛蒂尔达说，"作为一只狮子，有时候必须把利爪亮出来，必须让长耳朵狗明白往哪个方向走，还得跟垃圾袋作战，当涂着护手霜的手靠得太近时，还得咬它一口。"

　　玛蒂尔达吃吃地笑着："你怎么想起来说这些呢？"

"作为一只真正的狮子，得知道哪里有危险。"维姆让玛蒂尔达给他洗另一只爪子。

"作为一只真正的狗熊，他知道这里的果酱面包比别处的都好吃。就像你一样，拿什么来跟我换，我也不换。"波帕低声说着，把温暖的水泼到自己的胸口，"我宁可被撕碎，被扔进垃圾桶，也不愿意当别人的宠物，吊在吊车的钩子上什么的……真的。"

"你们今天说的事情好奇怪……"玛蒂尔达说。

只有菲茨心满意足地沉默着。玛蒂尔达得救了，再没什么可担心的了。追狗、垃圾山、戴手套的手和涂着护手

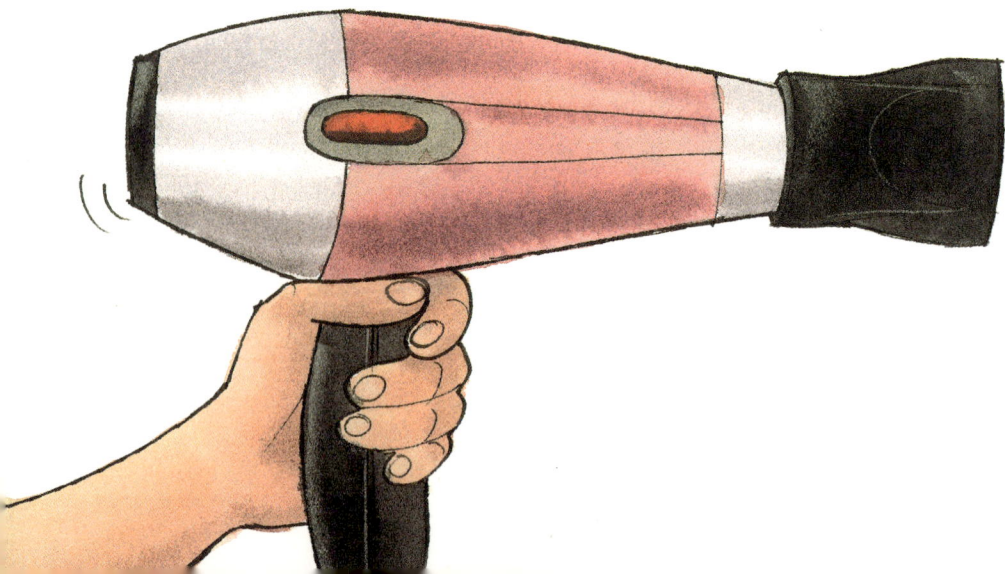

霜的手、吊车、骑自行车的人、是不是强盗、这个那个……
有时候生活里需要一点儿意外事故，还有一些奇怪的想法，
最终也能够获得一个好的结果。

　　玛蒂尔达小心地把他们在外面沾到的灰尘从耳朵里挖
出来，把他们身上的垃圾味洗刷干净，还用一大堆泡沫给他
们刷牙。

　　最后，她让三个小伙伴泡在清水里，再把他们拧干。除
了玛蒂尔达，他们绝不会让任何人把他们这么又挤又压又
拧的。但在玛蒂尔达手里，他们就像在按摩那样舒服。

　　然后，她带着他们从澡盆里出去，用电吹风把他们的肚

子吹得热乎乎的。他们的绒毛又变得干净鲜亮。维姆蓬松的鬃毛还像金黄色的蒲公英花一样鲜艳地开放着。

菲茨、波帕和维姆被裹在毛巾里，和玛蒂尔达一起躺到床上。他们觉得自己比早晨更柔软、更蓬松了。

维姆把脸深深地埋在云彩枕头下，用力呼吸着玛蒂尔达的香味。然后，他把脑袋上的鬃毛小心地拨到一边，可以让玛蒂尔达的耳朵直接枕在自己的脸上。也许，他待会儿还会在玛蒂尔达耳边悄悄说他怎么勇敢地让长耳朵狗停下来，怎么顺着排水管滑下去，怎么为了逃跑去咬那个女人的手指。

波帕裹在被子里，就趴在玛蒂尔达温暖的肚子上，肚子贴着肚子。这是他的老位置，他就属于这里。这里一直是暖和的，就像在一个温暖的熊窝里。

菲茨的胳膊比平时更用力地搂着玛蒂尔达的脖子。终于，他可以把早上的拥抱补回来了！

警车声穿过大城市嘈杂的声音，传进他们的房间里。菲茨还有一点儿恼火，他们离强盗那么近，却没有把玛蒂尔达亲手解救出来。

"老师让我在黑板上写了一个字母。"玛蒂尔达正说着

夏洛书屋·三个小英雄

学校的事，"朗格先生真好玩儿，因为他也有一只毛绒动物，是一只小豚鼠。他总是带着小豚鼠。那只小豚鼠不会说 S，什么都搞得乱七八糟的。他说话的时候，嘴巴的样子好奇怪，好像他自己也变成了一只小豚鼠。他还把他的长头发扎成一个辫子，因为费丽达想要一个女老师。而且，他也像一个女老师那样说着话。马斯笑得从椅子上掉下去了。朗格先生有一次说……"

菲茨、波帕和维姆很开心，因为玛蒂尔达很开心。可玛蒂尔达越高兴，他们就越有一种感觉，好像这个长着长头发大胡子的朗格先生真的把玛蒂尔达抢走了一点点。

"你每天都要出去，去那个小豚鼠老师那里吗？"波帕终于打断玛蒂尔达，"那我们怎么办呢？"

"你们可以收拾房间。"玛蒂尔达认真地说。

波帕一脸不开心地推开被子，菲茨的脑袋抬了起来，维姆从玛蒂尔达的耳朵旁伸出了头。

"我开玩笑呢！"玛蒂尔达笑起来，"我当然会把你们带去！不管妈妈怎么说。我明天就带你们去。你们觉得怎么样？一定、一定、一定！！！"